걸어서 에덴까지

유안진
시집

문예
중앙
시선
017

걸어서 에덴까지

유안진
시집

문예
중앙

詩는 궁극적으로 연가(戀歌) 아니면 애가(哀歌)인 것 같다. 삶을 노래해도 죽음을 노래하는 것이 되고, 죽음을 써도 살고 싶어 쓰는 것이 되고, 사랑을 노래해도 이별의 아픔과 이별 끝의 새로운 사랑을 쓰는 것이 되고 마니까.

또한 시는 언어예술이지만, 언어경제학적(言語經濟學的) 언어예술(言語藝術)이 아닌가 한다. 이런 특성 때문에 최소한의 압축언어에 최대한을 담아내고 싶었다.

거꾸로 살아와서, 거꾸로의 거꾸로인 로꾸거로 썼고, 이 또한 거짓말로 참말하기의 심화로 시도하고 싶었다. 특히 연시는 특성상 거꾸로 로꾸거로 기법이 더 적절하다고 보기 때문이다.

불행이란 원하는 만큼 쓰지 못하는 것이고, 죽음이란 더 이상 시를 못 쓰는 것인데도. 정신없이 살다가 허둥지둥 죽고 싶지 않은데도, 원하는 대로 써지지 않아 늘 불행하다.

2012년 새봄에

차례

일러두기

한 연이 첫 번째 행에서 시작될 때는 > 로 표시합니다.

1부

사랑, 그 이상의 사랑으로

아지랑이 눈빛과
휘파람에 얹힌 말과
강물에 뿌린 노래가, 사랑을 팔고 싶은 날에

술잔이 입술을
눈물이 눈을
더운 피가 심장을, 팔고 싶은 날에도

프랑스의 한 봉쇄수도원 수녀들은
붉은 포도주 '가시밭길'을 담그고
중국의 어느 산간 마을 노인들은
맑은 독주 '백년고독'을 걸러내지

몸이 저의 백년감옥에 수감된
영혼에게 바치고 싶은 제주(祭酒)
시인을 팔고 싶은 시의 피와 눈물을.

추억도 환상이다

머리에 꽂아주던 물봉숭아 분홍 꽃이
물수제비 뜨던 소년의 강물이
보낸 적 없는데 가버렸다 하지 마라

흐르며 머물러 깊어지는 깊이라네
여전히 물속에는 달 뜨고 별도 뜨고
예대로 물비늘 쉴 참 없이 웃어쌓는데
가기는 어디로 갔단 말이냐

날마다 불타는 낙조에 입는 화상이
생피냄새 비릿한 배반에 맛들이는 황홀이
다 저녁의 갈대 머리카락 바람 빗질이
다른 생애에도 딴 길로는 가지 마라

이별에는 한 생애가 턱없이 모자라서
사실보다도 찬란한 허구일 수밖에는
생시보다 점점 더 생생해지는데.

기타 등등뿐

얼룩무늬 군복이 내 이십대를 안다고 윙크한다
정류장 과외지도 쪽지가 내 대학 공부를 공치사한다
불심검문이 내 대학 노트를 읽었다고 실룩 웃는다
공중전화 수화기가 내 귓불 촉감을 기억해 따스하다
빨간 우체통이 내 비밀의 불씨를 살려냈다고 으스댄다
검은 빙판이 내 낙방과 굴욕과 수모를 안다고 번들거
린다
흘러간 유행가가 내 울대를 적셨다고 객쩍어한다
헌책방 냄새가 내 실연을 부채질했다고 미안해한다
신문의 자살 기사가 내 만용을 비웃었다고 씁쓸해한다

출입구 없는 맹토(盲土)에 세워지고 무너지기 바쁜
봉쇄수도원의 침묵을 조롱하는 마녀들처럼
때 없이 마주치는 추억들은 허드레, 기타 등등뿐이다
주어 목적어 본문이 완전 삭제된.

나는 잠잔다, 고로 살아 있다

아직도 가설(假說)에 불과해
고로 잠정적일 뿐이니까 잠을 자야 한다
천상열차분야지도(天象列次分野地圖)로 가려고
호시탐탐 노린다 잠잘 기회만을

틈 안 나도 자고 눈뜨고도 잔다
살아 있으려면 꿈꾸어야 하니까

신(神)이야말로 시(詩)의 꿈인데도
받침 하나 모자라서 신이 못 되니까
니은(ㄴ) 받침 찾아 천상열차분야지도로 가느라고
걸으며 자고 타고 가며 잔다
말에서 말씀으로 가설에서 진리로 순간에서 불멸로
가는, 지름길은 잠자는 것뿐이라서.

불타는 말의 기하학*

쉬운 걸 굳이 어렵게 말하고
그럴듯한 거짓말로 참말만 주절대며**
당연함을 완벽하게 증명하고 싶어서
당연하지 않다고 의심해보다가
문득 문득 묻게 된다

유리 벽을 지나다가
니가 나니?
걷다가 흠칫 멈춰질 때마다
내가 정말 난가?

나는 나 아닐지도 몰라
미행하는 그림자가 의문을 부추긴다
제 그림자를 뛰어넘는 아무도 없지만
그래도 확인해야 할 것 같아
일단은 다시 본다
이단엔 생각하고 삼단에는 행동하게

〉

손톱 발톱에서 땀방울이 솟는다

나는 나 아닐 때 가장 나인데

여기 아닌 거기에서 가장 나인데

불타고 난 잿더미가 가장 뜨건 목청인데.

- 파스칼은 『팡세』에서 詩는 불타는 기하학(幾何學)이라고 했다. 그러나 시가
  언어의 몸을 지니기 때문에 말의 기하학이라고 정의해본다.
- 장 콕토는, "시인은 항상 진실을 말하는 거짓말쟁이다(The poet is a liar
  who always tells the truth)."라고 했다. 그러나 원전을 못 찾아 그 출처를
  밝히지 못한다.

20

의심의 옹호

기대섰던 나무를 의아하게 돌아보자
통째로 샛노랗게 질려버리는 은행나무
감나무 발목에서 고욤나무 흉터를 찾으려 하자
알감도 감잎도 빨갛게 물들어버려

의심하고 의심받는 것은 철드는 것인가 봐
나 아닌 줄 알았다는 말을 들으면
나도 거울을 보곤 하지
나 아니게 보여주지
살수록 긍정의 배신자가 되고
확신에 주저하고 모호해져
이런 것도 철든다고 하는지는 몰라도
정직해지는 것만은 틀림없어
슬퍼지면 정직해지니까
달빛이 햇빛보다 더 정직한가 봐
달빛 아래서는 슬퍼져 제정신이 들지
철부지도 아니면서 왜 이러고 있지?
여기가 어디지?

왜 하필 사과일까?

1

못 먹게 하실 걸 왜 심었냐고?
독자가 있어 시를 쓰느냐?
존재만으로도 가치(價値)인 게 왜 없겠느냐
먹지 말라니까 더 먹고 싶어졌다고?
자유의지에도 절제가 필요하지 않겠느냐

2

문제 아닌 걸 문제 삼지 말자
문제이거든 더 문제 삼지 말자
문제없음도 문제일 수가 있어
둘이 먹는 사과가 어쨌든 더 좋아
둘이 선택하면 더 자유다워지고
함께 책임지면 더 인간적일 듯해
그대여!
나도 그대에게 자유를 준다마는
한 입 먹은 내 사과를 더 크게 먹어줘
함께 가면 지옥행도 덜 겁날 거야

3

먹어봐야 안다는 원조(元祖)의 살신적 실험정신이 뉴턴으로 잡스로 이어졌을까?

백설공주가 먹은 독사과와 빌헬름 텔의 아들 머리 위의 화살 과녁 사과에까지

사과의 이름으로 얼마나 많은 사건 사고와 인물들이 더 생겨날까?

사과로 시작된 인류사는 끝맺음도 사과라고

스피노자는 "내일 지구의 종말이 올지라도 오늘은 사과나무를 심겠다" 했을까?

정말로 사과의 자유의지일까?

그런데, 감도 배도 아니고 왜 하필 사과로 야단들일까?

무덤 임대업

예수의 부활 소문이 온 세상에 파다해지자
한 상인이 아리마데 요셉을 찾아왔다
그 무덤을 사흘씩만 빌려주는 임대업을 하자고

기발한 사업을 널리 홍보했지만
신청자가 없었다
어째서
미망인은 죽은 남편을
남편은 죽은 아내를
자식은 부모 시신을
부활 무덤에 모시지 않을까?

사업에는 실패했지만
자신의 부활을 확신했던 무덤주인 요셉도
죽은 후 그 무덤에 들어갔을까?
그렇다, 아니다, 왜? 왜?

타동사에 얹혀서

너무 힘들어서 죽고 싶다고 했더니
언제 살았던 적 있었느냐고
살아본 적도 없으면서 어떻게 죽고 싶어질 수 있느냐고
정색하고 반문한다

너무 괴로워서 그만 헤어지자고 했더니
언제 사귄 적 있었느냐고
사귄 적 없는 이들이 헤어지려면 어떻게 해야 하느냐고
비웃듯 다그친다

온 적도 없이
오래전에 벌써 가버린 시대
구호와 운동의 스테레오 이중주 속에서
암흑물질을 찾다가 기다리다가
살았던 적도 없이 사귀었던 적도 없이
지칠 대로 지쳐 눈뜨기도 힘든 아직 여기.

대낮이 어찌 한밤의 깊이를 헤아리겠느냐

녹음이 짙어지면 검푸르다
단풍도 진할수록 검붉다
깊을수록 바닷물도 검푸르고
장미도 흑장미가 가장 오묘하다

검어진다는 것은 넘어선다는 것
높이를 거꾸로 가늠하게 된다는 것
창세전의 카오스로 천현(天玄)으로
흡수되어 용해되어버린다는 것
어떤 때 얼룩도 때 얼룩일 수가 없어져버린다는 것
오묘 기묘 절묘해진다는 것인데

벌건 대낮이다
흐린 자국까지 낱낱이 까발려서 어쩌자는 거냐
버림받은 찌꺼기들 품어 안는 칠흑 슬픔
바닥 모를 용서의 깊이로 가라앉아
쿤타 킨테에서 버락 오바마까지의

검은 혁명을 음미해보자

암흑보다 깊은 한밤중이 되어서.

베개

외로운 사람에겐
읽고 끄적거리는 침대
엎드려 멍청해지는 침대
꿈꾸고 상상할 침대
기다림의 너무 넓은 침대
만남의 비좁은 침대
이별 후의 시원한 침대 등등
침대가 많아야 하지만

더 외로운 사람에겐 베개가 많아야 한다
엎드려 턱 받치는 베개
머리통 파묻는 베개
뒤통수를 받쳐주는 베개
얼굴에 올려놓는 베개
가슴에 꺼안는 베개
베개는 나보다 강하고 너그럽고 의연해서 많을수록
좋다
등때기 베개, 종아리 베개, 발꿈치 베개

집어던지는 베개, 걷어차는 베개, 가 밥보다 필수적이다

그래서 금식 단식이란 말은 있어도 금면(禁眠) 단면
(斷眠)은 없다.

거꾸로 로꾸거로

오르다가 내려가며 투덜거린다
산이 높아 평지인지 평지가 낮아 산이 되는지
꽃 피어 봄 오는지 봄 와서 꽃 피는지
왼편 오른편도 거꾸로인지
어둠은 밝음에서 밝음은 어둠에서
태어나는 것인지 돌아가는 것인지
앉으며 일어서며 중얼거리다가
모자를 고쳐 쓰고 신발 끈을 조인다

신발은 아무리 새것이어도 머리에 쓰지 않고
모자는 아무리 낡아도 발에 신지 않으니
거꾸로 로꾸거로 생각을 돌려봐도
캄캄한 암흑 속 아몰아몰 아지랑이뿐.

같은 꿈을 꾸다

백지 한 장에다

검은 글자 몇 개로

찬란한 세상 한번 일으켜 세우라고

잘만 조합하면 스물넉 자로도 넉넉히

나 홀로의 왕조(王朝)를 일으킬 수 있다는

씻나락 까먹는 귀신 소리에 홀렸다가

눈을 드니 유성(流星) 하나 은하계를 탈출한다

천애고아로 독립하기 위하여

계통발생과 개체발생을 스스로 단절하고

단신으로 탈출하는 작은 별 하나

어둠 너머 숨어버린다

저렇게 작고 여린 것이

맨몸으로 저 홀로의 우주를 만들겠단 말이지

유일무이한 광채로 자라나서

광막한 어둠을 밝히겠단 말이지

그믐달도 걱정스러운지 외눈 뜨고 내다본다.

• 처음 창제된 훈민정음은 자모 28자였으나 지금은 24자만 사용된다고 한다.

감기 바이러스

초봄에도 초겨울을 껴입어
사철 서리 허연 가랑잎 냄새 난다
생활은 또래보다 한두 걸음 뒤처져도
생각은 서너 걸음 앞서 가서 그렇다
그림자 지나간 자리마다
검은 자국이 파이고 살얼음도 끼곤 한다

등 돌린 사람의 등짝만 각인되어
없는 등짝 껴안고 사는 동안
여름 잡초처럼 무성하던 소문도 초겨울 들풀처럼
시들고, 실없이 잘 웃어
속눈썹 그늘지는 큰 눈은 물빛 검은 호수
우주도 제 모습 비쳐보겠지만
눈만 맞추어도 검은 호수 바닥으로 가라앉는
눈물감기 잘 옮기는 여자
예방주사를 겁주는 여자
감기 바이러스가 되어버린 여자.

정전 사고

기러기의 거꾸로는 기러기이지만
물 한 잔의 거꾸로는 물 쏟아지는 사고인데
나는 왜 사고에서 에너지를 얻게 될까
검은 황홀이 왜 최선의 양식이 될까

백색 소음이 단칼에 잘려진 정전(停電)은
검은 테러 공포의 기습인데
무방비로 기습당한 공포야말로 얼마나 통쾌한가
한순간에 세상을 제압해버린 검은 힘
시끄러운 것들에 고요와 침묵을 가르쳐주는
암흑 세상의 검은 평등 검은 정의
왜 아니 감격스러운가

검은 별이 떠오르고
삼족오가 날아오르고
블랙홀로 빨려드는 블랙유머의 탄성
드디어 어둠을 누릴 권리를 얻었다고
가슴마다 흑해 하나씩 품고 살았다고

일식 월식 못지않은 사건 사고를 기다려왔다는

목마른 고백이

고해성사처럼 쏟아지고야 마는.

그림자 옷 벗기기

혼자 눕기보다는 아무래도 덜 편하고
누굴 데려와 자더라도 상관없다는 생각도 들고
그가 먼저 일어날 때마다 내 늦잠이 방해되어
내 침대 옆에 그의 침대 하나 사주려 했는데

그가 없으면 내가 없을 때보다 더 안절부절
그의 검은 냄새 없이는 못 자는 잠버릇 때문에
불편해도 한 침대를 쓰기로 한다

내가 무슨 색 옷을 입어도
그는 언제나 검다는 것 외에는
서로 너무 닮아 헤어지기엔 늦어버린 것 같고
한 번이라도 검은 옷을 벗겨보고 싶어서
침대 대신 총천연색 옷 한 벌 사줄까 해
물론 절대로 입진 않겠지만 느끼는 바는 있겠지
그런데 혹시 차려입고 떠나가버린다면?

욕해줄 사람 찾습니다

산발 머리 여자가 쉴 새 없이 웃고 다닌다
눈길이 마주쳐 나도 웃어주었다
시신경과 직결된 안면근육반사이다
아무한테나 웃어놓고 보는 생존기제이다
선천성 약자의 무조건반사이다

웃는 거! 참 좋은 건데
아리송하게 주고받은 웃음 제단마다
오도카니 올라간 제물은 늘 나 자신이었지
웃다 보면 정말로 웃게 될 줄 믿었지만
목적지는 사라지고 엉뚱한 길로 빠져
도착해보면 종점은 겨울비 같은 눈물

눈물 나게 슬퍼서 힘 솟게 하는
소울재즈처럼 흑인영가처럼 복음성가처럼
깊게 울려줄 누군가가 그립다가
난생처음 들어보는 거품 뿜는 육두문자로
기절 경악 발작하게 욕해줄 누구 없나

번갯불 번쩍 뺨싸대기 올려붙여
안 그치는 내 웃음 단칼에 잘라버릴
누구 없나? 목마르다.

검은 에너지를 충전받다

문어만 보면 군침이 돈다
제사 뒤에 먹던 문어탕(湯) 적(炙) 포(鯆) 맛이 살아나
서다
비늘이 없고 비린내도 적어 선비다움을 닮았고
먹물이 대대손손 글 읽는 자손을 상징하고
팔(八) 다리의 팔자(八字)로 후대의 창대함을 기원한
다 해서
제사상에는 반드시 문어(文魚)를 올렸지

문어 고기 제사 덕분인지 글을 쓰게 되었으니
먹물 문어(Octopus)를 자주 먹어 에너지를 충전받으면
팔다리도 여덟(Oct)으로 늘어나고
점쟁이 문어˙의 신통력도 전수받게 될 듯
보자마자 얼른 문어 한 봉지를 샀다
언젠가는 생문어를 통째로 사 먹고
검은 절대주의˙˙에 도달하고 말리라
태양의 흑점, 그 비밀도 해독해야지

벼르고 힘주어 물어뜯는다

작은 유전(油田) 하나 삼킨 셈은 되겠지.

- 2010 남아공 월드컵 7개 경기에서 독일의 승리와 스페인의 우승을 점쳤다
  는 독일 오버하우젠 수족관의 문어 파울(Paul).
- 러시아 아방가르드 미술의 주창자 카지미르 말레비치(1878~1955)의 '검은
  사각형'이란 절대주의(Dynamic Supermatism)에서 차용. 안나 모진스카,
  『20세기 추상미술의 역사』, 전혜숙 옮김, 시공아트, 2003, 55~57쪽.

153

둔재에겐 장수할 의무가 있지만
천재에겐 요절할 권리가 있어
죽어도 천재는 부활하여 축제가 되는
엘비스 프레슬리 아까운 화면을 아쉽게 끄고
황급히 들어간 엘리베이터 바닥에 MonAmi 153 0.7m
한 개가

깊은 데로 가서 그물을 던져라
밤새도록 던졌으나 헛수고였지만
말씀에 의해 던지겠습니다, 라고 했던
갈릴레아 어부 시몬의 그물에는
물고기가 153마리나 들어 있었다니

$153=1+5+3$을, $1+5+3=9$를 암산하며
볼펜 하나에 기분이 들떠서
중차대한 임무나 수행하듯이 간다
나 없어서 모양새 더 좋을 모임에
버스로 지하철로 허둥지둥 택시로.

잉여 휴식시간의 자율학습 노트

만리를 달려온 바람에 머리채나 빗질하고
천리를 달려온 강물에 손발이나 씻는 것이
미안스럽다가

하필이면 지구에만 붙어살아야 하고
쉬지 않고 돌고 있는 지구에 붙어살면서도
멀미하지 않는 것이 이상스럽다가

올 겨울은 너무 추워
따뜻한 땅속으로 들어가겠다고
죽어버린 이들의 용단이 부럽다가

소원이 있으면 기도가 생겨나고
기도에는 늘 피눈물이 따르는
짧고도 지루한 인생을
손톱 발톱 닳나게 살다니
지구를 집어 물수제비 뜨고 싶네.

검은 재즈

자정에서 새벽으로 가는 밤의 도시가
창밖의 불빛으로 문득 감미로워지면서
순간을 요동치는 도시의 변덕을
날것으로 빚어내는 재즈가 듣고 싶어
우리 모두 혼자(We're all alone)*에 소름이 끼쳐
비 젖어 휘황한 야경에서 들리는 착각
바리톤 색소폰 Night Light**

소음도 소진되는 밤을 씻는 빗줄기도
세속적 음색으로 감싸 안고 싶어지면서
난장 같은 대도시는 검붉어지지
비 젖어 번들거리는 구릿빛 아스팔트
발자국이 지워져 인간적이 되지

차갑지도 뜨겁지도 않은 닝닝한 물맛처럼
그렇고 그런 또 하루의 도시 변두리
의, 푸석거리는 묵은 먼지까지도

촉촉하게 적시는 색소폰의 Mulligan

앞에 또는 멀리, 그가 있는 듯 또는 없는 듯이.

•와 •• 둘 다 게리 멀리건(Gerry Mulligan, 1927~1996)의 앨범 중에서.

블랙 파라다이스

선생도 삿갓 벗고 쳐다봤을 밤하늘
풀밭에 누우면 누구나 시인 난고(蘭皐)가 되는
반딧불이 세상
눈앞이 캄캄해지지 않고는 열리지 않는
눈동자가 풀어지도록 울지 않고는 열리지 않는
하늘나라

평등할 수 없는 천차만별이
검은 평등에 검은 자유까지 누리게 되고
배워서 깨우치지 못한 지혜를
배우지 않고도 깨닫게 되는

캄캄한 차일이 밤마다 펼쳐지는 어디든
여우 늑대 소쩍새 부엉이들 제 계절을 울 줄 아는 어
디든
어디 어디 그 어디든
밤하늘이 참 하늘이다
그런데 언젠가 돌아갈 데가 저 하늘이긴 할까?

피뢰침, 죽을힘으로 산다

모든 꼭대기의 꼭대기가
몸이다, 신전이다, 제단이다
세상의 죽음을 대신 죽어주는
속죄 제물이다 제사장이다
초고압전류로 혼신을 씻느라고
혼절했다 깨어나는 죽음의 반복 끝에서
마침내 강림하는 천상의 전류
가 통과한다, 응답(應答)이다

어떤 외로움에도 더 외로운 외로움이 있느니라
가장 외롭지 않으면 도달할 수 없고
가장 어리석지 않으면 얻어낼 수 없는
그 높이 그 깊이는
기다리며 갈망해야 차지하는 죽음뿐이니라

삶이란 죽고 싶어도 죽을 수 없는 것
죽음보다 더 죽음 되는 것이 살아내는 것이니라
죽음 이상의 고독과 고통의 절정만이

부활의 희열을 안겨주느니라
싸잡아 죽음이라 해버리면 억울하지 않느냐
삶이 아닌 삶도
죽음보다 더한 죽음 이상도
또한 삶이니라.

시인론, 지며 살아야

형이니, 아이이니, 딸애이니
져주면 편하다고
지는 게 이기는 거라던 어머니

또 졌다, 체중기 바늘은
왔다 갔다 야금야금 속여
10년 다이어트해 10kg 더 무거워졌다
나의 산수는 왜 늘 더하기 빼기를 바꿔 할까
그림의 떡으로도 살찌는 이들
약국만 지나도 통증 도지는 이들
맨 앞자리에 내 이름이 올라 있나
체중과의 싸움은 지는 게 지는 것일 뿐인데

모름지기 시인이란
지는 것으로서 이기는 자라는 사르트르의 시인론을
사르트르도 모르면서 어찌 아셨을까?
어머니, 성묘 가야겠다.

색동 눈발 쏟아지면

새소리보다는 나비들 우짖음을
입술보다는 손바닥 키스를 탐하며
물맛 아닌 불맛으로 갈증 풀던 모험생
마침내 떠나라
색동 눈발 펑펑 쏟아지는 날에

죽음이 축제가 되는 영안실도 색동 마을
오색 국화 자오록한 오색 향기로
영정 속에서도 동그랗게 웃어라
수도 없이 죽어봐서 더는 안 죽어

겨운 행복으로 자꾸 투덜거리며
하늘 꽃마차에 올라 휘리릭 떠나라
인간이 아는 것은 아무것도 없는
시간 공간도 또한 없는
물리학의 모든 지식이 깡그리 무시되는
완벽한 새 우주 아직 모르는 거기로.

기다림을 기다린다

한때는 남북통일을
또 한때는 메시아의 재림을
어느 때는 아시아와 유럽 대륙이 자리바꿈하기를
핼리혜성도 목마르게 기다렸는데
이제는 지구의 자전 방향이 바뀌기를 기다린다
지구도 반대로 돌아보고 싶을 테니까

기다린다는 건
거대한 것 아득한 것 무궁한 것을 기다린다는 것
후천개벽(後天開闢)을 기다린다는 것
우주의 혁신 계획에 참여하고 싶다는 것

기다리지 않아도 오게 되어 있는 건 기다림이 아니다
기다림에 길들여져
기다릴 게 없다는 것이 견딜 수가 없어서
이루어지기를 기다리는 게 아니라 기다림을 기다린다
위대한 허무(虛無)란
기다릴 게 없는데도 기다리는 것이다.

눈이 녹으면

물이 된다
봄이 온다
다 들통 난다
길이 보인다

어느 것도 틀리지 않지만
평생 어긋나기만 해온
과거의 나인 너와
현재의 나인 나와
미래의 나인 그가
단 한 번 같은 생각을 하고 싶은
하나만은 무엇일까

알몸으로 선녀탕에 들어앉아 때를 미는 치한도
모든 길의 끝에는 기다리는 성소(聖所)가 있다는 것을
사원(寺院)이 없는 길은 길이 아니라는 것을 안다
는 것을, 잊지 않기 바라는 너와 나와 그.

백색 어둠

내 눈은 자주 햇빛으로 캄캄해지곤 한다
내 눈은 자주 어둠으로 밝아지기도 한다
햇빛에는 낯설어 겁먹고 눈멀어도
어둠은 빛깔과 냄새까지 친숙하고 다정해

모든 밝음은 어둠에서 태어나고
어떤 어둠에도 빛은 있기 마련이라는
도달할 수 없는 이치 그 높이에 기대어
그 안자락에 포근히 안도하고 싶은데

나는 늘 내 두려움이 두렵지
최대치로 치솟아 눈멀어버리는 햇빛 공포도
한밤중에는 가라앉아 밝아지는 눈으로
정오와 자정을, 웃음과 울음을 갈팡질팡
거꾸로 로꾸거로 살다 말다 하느라고.

소행성(小行星)

남의 헌신보다는

나만의 새 신이 좋지

짓밟혀 닳고 닳은 헌 길보다는

나만의 새 길을 내 힘으로 열고 싶지

궤도탈락 아닌 궤도탈출(軌道脫出)이라고

내 발길이 길이 된다고

남유달라서 유일하다고

절호의 기회라고

무문자답(無問自答)한다

어린 발가락들 데리고 맨발바닥이 만들어가는

혼자만의 궤도 탐험

힘들고 서럽다

그래도 가야 한다 두려움과 함께

그래서 그래야 자유로운 거다 그만큼 내 세계 내 우주다.

2부

바늘에게 바치다

어둠에 저항하는 한 송이 작은 꽃
30촉 알전구 아래에서
바늘귀를 더듬던 어머니

세상으로 뚫린 유일한 숨구멍으로
의식주를 실어 나르던 낙타의 바늘에게.

필요충분조건으로

지금 눈 오신다고
북촌 친구가 문자를 주었다
빗줄기를 내다보며 나도 답을 쳤는데
금방 또 왔다

내가 사는 마을에는 씻어낼 게 많고
그의 마을에는 덮어 가릴 게 많아서라고.

마더 테레사의 손

자비는 낭비
천수보살(千手菩薩)의
만수보살의
거룩한 낭비의
손들이시여.

만능열쇠

오랫동안
황홀한 거짓말이었는데
눈물보다 기도보다
손발이라 하네

잘, 잘못 판단보다 상위법(上位法)이라 하시네
신(神)의 정의(正義)라 하시네
만능열쇠라 하시네
사랑이야말로.

• 성 바오로(St. Paul)가 고린토 사람들에게 보내는 첫 편지에서.

절대고통

당대의 걸림돌이
후대의 주춧돌이라는 이명(耳鳴)에 시달려
앉으면 천리 밖이
일어서면 만리 밖이 보이는 환시(幻視)에 시달려

미치다
바치다
던지다
를 살았던, 선구자들의 절대 에너지
영감(靈感)이 실려오는 초고압전류.

해석의 문제

진심은 무심결에 나오기 마련이니
검증 한번 해보기로

세상에서 가장 뜨거운 바다는 '사랑해'이고
가장 차가운 바다는 '미워해'라대
ㅎㅎ ㅋㅋ 억지웃음까지 웃고
내 정신 좀 봐, 금방 까먹었네
젤로 뜨건 바달 뭐라 캤더라?

말이 끝나기도 전에 간 떨어지는 호통
시꺼! 열받아(바다)!

어느 실직자의 증세

제 처(妻) 옆에 붙어 앉아
별나게 아첨하는 동창(同窓) 땜에
닭살 돋는 부부들
참다 못한 친구 몇이 불러내어 충고하자

"반년 넘도록 아내 이름이 생각 안 나서야
7년이나 쫓아다녀 결혼했는데 말야."

그런 날이 반드시 올 것이다

오랫동안 갸우뚱 고민 깊은 지구가
무언가를 깨닫는다면
언젠가는 목고개를 바로 세울 것이다

기울어진 지축(地軸)이 바로 서는 그날
자빠지지 않으려면
반대로 갸우뚱이
옳게 사는 걸까?
남들과는 늘 정반대로.

아버지 마음

휴학생의 아버지가 찾아와 하소연했다
씀씀이가 하도 헤퍼 용돈 적게 줬더니
등록금을 쓰고 휴학해버렸다고
돈 아까워서가 아니라
자식 아까워서 그랬다는데

맞다
하느님 아버지도
내가 아까워서
남은 날 더 망치게 될까 봐
달라는 대로 즉각 다 주시진 않는 거다.

약자병법

"우리에게 잘못한 이를 우리가 용서함같이
우리 죄를 용서해주옵시고……"
이 조건 절에서는 늘 혀가 굳는다

용서밖에는 할 수 있는 것이 없는 자에겐
먼저 용서하라는 의무만 강요된다
망각할 권리만 가진 자를 먼저 용서해버리면
두둥실 떠올라
천하를 발아래로 누리는 해방의 자유로움
손무(孫武)도 몰랐던 승자병법(勝者兵法)이란다.

지갑 주인

왜 그렇게 중얼거렸을까
나는 과연 내 인생의 주인일까?

귀 밝은 아내가 재깍 대답한다

당신 인생은 내가 주인이야!
어째서?
내가 당신 지갑 주인이니까.

베드로는 닭고기를 먹었을까?

닭과 마주칠까 늘 가슴 조였을 테고
닭 소리 들릴 때마다 경기에 시달렸을 테고
닭살이 자주 돋아 가려움에 시달렸을 테고
계란이란 말만 들어도 알레르기에 시달렸을 테고
때 없이 닭 울음보다 깊고도 길게 울었을 테고
십자가에 거꾸로 매달려 순교하기까지
닭고기는커녕 계란조차도 없이 살았을 게다
너무너무 가난해서.

반성을 반성하다

개인적 자살도 사회적 타살인데
모두의 책임은 누구의 책임도 아닌지
아무도 죄책감을 느끼지 않는다고
규탄하다가

누워서 침 뱉기

종이책이 사라진다고 게거품을 문 그 입술도
친환경 외치던 같은 입술.

은총의 달에

4월 1일에 죽으면 죽는 게 아니다
4월 19일에 태어나면 진정한 열사가 된다
잊혀져도 4·19는 그렇게 부활하고
만우절도 해마다 부활한다
이래서 4월에 부활절이 들었구나
알 만한데, 4월의 탄생석은 왜 다이아몬드일까?
아마도 내가 태어난 달이고
나한테 다이아몬드가 없기 때문이라고
문득 깨달았다, 부활절 미사 중에.

박수부대

지금 왜 여기 있지?
도대체 여기서 뭐 하는 거야?

아픈 손바닥이 서로를 어루만지자
귓불이 귀띔한다

따지지 마
편하잖아
건강에도 좋고
좋은 게 좋은 거 몰라?

국화, 밀려나면 저절로 된다

처음부터 이럴 생각 전혀 없었어
지조(志操)니 절개(節槪)니 그런 따윈 몰랐어
이리 치이고 저리 밀리다가 여기까진걸

제자리 제철을 빼앗긴 최후는
누구든 어쩔 수가 없었을 거야
찬바람 서리 치는 세상도 시대도 끝의 끝에서는
한바탕 비웃어젖힐밖에 다른 도리 없지
성깔머리 성깔대로 쏟아질 수밖에는
세상도 시대로 오로지 할밖에는
지금 내 앞에서는 장미도 잡초일 뿐

오상고절(傲霜孤節)의 화중군자(花中君子)라니?
천만에, 국화는 그저 국화(菊花)일 따름이야.

빈 동네의 크리스마스

쑥대밭 당집 늙은 서낭신이 거미줄 커튼 밖을 내다본다

뒷산 무너진 암자 댓돌 위에 다람쥐 한 마리 눈발을
지켜본다

산 아래 빈 마을 뒷간께 헛간께 사립문께쯤서
감나무 가지마다 알전등에 불을 켠다

까치 몇 마리가 전등갓의 눈송이를 깍깍 털어낸다

마을 앞 꺾어진 십자가에 캐럴 곡조가 윙윙 감긴다.

반성 방법으로

다들 앞으로만 걸으니까
다들 너무 빨리 걸으니까 따라갈 수 없어서
나는 뒤로 걷는다
걸어온 내 발자국을 보고 싶어서
어떻게 생겼나
얼마나 갈 지(之) 자로 비틀거렸나
아직도 헛발 딛나 헛걸음질인가
내 눈으로 확인하며 걷고 싶어서
역할도 모르고 걸어야 하니까
앞으로 걸어봐도 앞은 볼 줄 모르니까
보이는 건 어제의 발자국뿐이니까

혹시 누가 내 발자국을 신고 따라오나 하고.

무엇이 체험을 능가하랴

낳아보면 알아진다
하느님 외에는
아무도 이 핏뎅이를 키울 수가 없다는 것을

여신도가 많다는
모두가 聖 어머니라는 것도
세상에는 어머니라는 사제(司祭)가
아니 제물(祭物)이 아니 종교가 있다는 것도.

참말로 참말하면

부디 나를 다 믿지는 마시기를
내가 쓰는 것도 다 믿지는 마시기를
할 수 없는 것이 너무도 많아
쓸 수밖에 없을 뿐

나 말고도 누구든 다 믿지는 마시기를
사람이란 대체로
관리의 대상이기보다는
관심의 대상이며
믿음의 대상이기보다는
사랑의 대상일 따름인 줄을
부디 알고나 믿어주시기를.

봄의 미행

눈 내린 들길을
혼자 가는 스님을
발자국 둘이 묵묵히 따라 걷고
괜히 심통 난 바람이
발길질로 따라가는
겨울 나그네들을
한 오 리쯤이나 뒤처져서
아지랑이 새봄이
까치발로 미행한다.

장자와 조우(遭遇)하다

할딱 숨 몰아쉬며
젖아기 잠들라칸다

헐레벌떡 발걸음 멈춰지고
씨근벌떡 거친 입술 닫혀지고

가만가만
다만 고요하게
다만 정갈하게
미소 지으며
나비, 앉을라칸다.

종이학 타고 왔다

'소월의 진달래꽃' 약산의 영변에다
어린 딸을 두고
모친상을 당해 친정 왔던 새댁
종이학 접어 날린 60여 년 만에
북에 두고 온 딸의 딸이 찾아왔다.

나를 추상(抽象)할 때

동물인 내가 동물인 나를 바라볼 때를
동물인 내가 인간인 나를 바라볼 때를
인간인 내가 인간인 나를 바라볼 때를
인간인 내가 동물인 나를 바라볼 때를
고양이가 동물인 나를 바라볼 때를.

꿈 밖이 무한

풀밭에 흩어진 감나무 잎새 옆에
익은 알감도 한 개 떨어져 있다
돌아서니 노란 모과도 두 알이나 던져져 있다

후진 뜰이 환하다 정겹다

그려도 그림이고 지워도 그림이듯이
삶도 꿈 몇에 갇힐 수는 없지
꿈 밖의 무한이 더 꿈이고
삶 밖의 죽음이 더 삶이라는 듯이.

무엇을 위해 시를 써왔나

미국의 동서횡단철도 개통 20주년 기념식장에서
종신 철도원으로 표창받는 남자에게
한 노동자가 다가와 인사했다
이봐 윌리, 나야 몰라보겠나?
20년 전에 우리 일당 5불을 위해 일했잖아

그랬나? 그때도 난 철도가 좋아 일했던 것 같은데.

내 안의 사문(斯文)

하늘은 거뭇해서

크고 높고 깊음이 현묘(玄妙) 비슷하고

땅은 누르러서

변치 않는 바탕이 황금(黃金)처럼 귀하니

천지현황(天地玄黃)이라 함은

색보다는 뜻이라고

설명될 수 없는 것을 애써 설명하시던

할아버지 음성

제사상 물리다가 밤하늘 쳐다보며

텬ᄌ문(千字文) 250首 한시(漢詩) 중 유독 첫 구절.

초월(超越) 문제

문: 다음 선에 손대지 않고 짧게 만드시오

———————————

답: 문제의 선보다 길게 주욱

———————————— 그어버리면

문제의 선은 저절로 짧아집니다

그러나 그게 그리 쉬운가요
자기만의 패러다임으로
각자 성불(成佛)하기가.

얼굴 시계

눈꼬리와 입꼬리가

저절로

10시 10분이다가

9시 15분이다가

8시 20분이다가

7시 25분으로 바뀌는 순서

를, 따라서 나 지금 몇 시일까?

3부

개천표

배꼽줄 단 채로 학원으로 직행하는 시대이니, 집 밖이 더 집이라 했고, 학교 밖이 더 학교라 했으렸다, 세기가 바뀌도록 『탈학교사회』가 베스트셀러이겠다

대학을 위해서도 취업을 위해서도, 엄마가 앞서 뛰어야 하니, 엄마 될까 겁나 혼인도 못해

천둥 벼락 쳐 한바탕 뒤집어줄 홍수나 기다리며, 개천 바닥 뒹굴며 펄떡거리는 미꾸라지들에게, 여의주 하나씩 던져주고 싶어

대하에서야 대하(大河)만 한 영웅이 나겠지만, 개천에서는 별빛 하나 주워 먹고 눈뜬 전설이 태어나던, 인생 역전의 전설 시대가 그립다

용이 용 되는 게 뭐 대단해? 개천표 용이 더 대단하

지, 개천에서 용 나던 야만 시대여, 다시 와주라, 신 야
만시대 한번 열어젖혀봐.

* 이반 일리치(Ivan Illich)의 저서로 미국의 학교제도를 비판한 20세기의 베스
  트셀러 *"Deschooling Society"*의 번역서 제목. 학교가 삶에 필요한 전인교육
  을 제대로 하지 못한다는 내용이다.

가을에는 날마다 떠나간다

마지막 한 마디처럼, 안 잊히는 한 구절처럼
매달린 마른 잎이 바르르 떤다
발자국도 잎 향기도 무겁다

가을에는 날마다 떠나간다
가는 이 없이는 가을이 아니니까
가을을 다 가지고 가버린 다음에야
남겨지는 가을이 온다, 나도 가을이 된다
거리마다 나뭇잎들 다 쓸려가고
그 많던 인파도 다 떠나고
거리를 치달리는 바람 거슬러
걷고 걸어도 나는 남겨진다

떠나가는 가을과 남겨지는 가을은 같은 가을일까
떠나가는 웃음이 웃음일까
남겨지는 미소가 미소일까
참지 마라, 울어도 된다.

남의 이름처럼 불러본다

눈가에 다크서클이 짙어지는 때마다
친구를 부르듯 내 이름을 부르면
산마루의 풀 이파리들이 파르르 대답한다
가까운 곳 찌르레기가 멀게 대답한다
풀여치가 폴짝 나타나기도 한다
저녁 하늘 기러기 떼를 보고 같이 가, 같이 가, 하면
나중에, 나중에, 한다
여울물한테 나도 가, 나도 가, 하면
오지 마, 오지 마, 한다
한밤중에 일어 앉아 내 이름을 부르면
내 목소리가 다른 사람 음성으로 대답한다
다시 부르면 또 다른 목소리로 대답한다
세포 분열하듯 여러 목소리로 떠들어대다가
시끄러워 입 다물면 나 혼자가 된다

이렇게 나는 나랑 친구하고 논다
이렇게 나는 나랑 술 마시며 푸념한다

이렇게 나는 나랑 베갯머리 맞대고 누워 잔다
꿈에서도 나는 나를 제일 자주 만난다.

귀뚜라미, 폭설을 불러온다

땅바닥을 기고 더듬는 것이 살아가는 방법인 이는
알프레드 드 뮈세˙처럼
사철 밤낮이 다르지 않는 골방 속에 스스로 갇혀서
흐느껴 우는 것밖에는 다른 도리가 없는 이는
기도란 그런 것인 줄 안다
울음만이 기도다운 기도가 되는 줄 안다
절반 넘어 피톨이 섞여야 기도가 되는 줄 안다
창자가 끊어지는 울음이어야 찬미가 되는 줄을 안다
울기 위해 태어난 것처럼 평생을 슬피 울었다는 것밖
에는
울다가 죽고 말았다는 것밖에는 해본 일이 없는
귀뚜라미, 무반주의 울음이 겨울에도 얼지 않아
눈(雪)이 내린다
천상의 응답에도 울음 안 그쳐서.

• Alfred de Musset, 1810~1857. 프랑스의 19세기 낭만파 시인. 조르주 상드
와 이탈리아 여행 중 병을 얻어 앓는 동안 주치의와 사랑에 빠진 상드에게
버림받고, 혼자서 파리로 돌아와 울음에 갇혀 생을 마감했다.

서울이 더 초야이다

어느 날 홀연히 말단 관직을 버리고
노새 등에 올라 사라졌다는
함곡관 관문지기에게 도덕경을 써주고는
다시는 세상에 나타나지 않았다는
노자는, 어느 초야(草野)에 숨어 살았을까?

오늘의 은자(隱者)들은 대도시에 숨어 산다
거리에 버스에 지하철에 아파트에 숨어서
초야에 묻힌다는 편견을 깬다
새로운 편견들이 태어나도록

묻혀 살기에는 서울보다 나은 초야도 없지
타국보다 고향보다 깊은 산속 어디보다도
1200만 시민 속이 묻혀 살기에 더 좋지
제 삶에 골몰해 곁눈질할 겨를 없는
무관심보다 더 좋은 초야가 어디 흔하다고

저 자신이 은자인 줄 모른 채 살고 있는 사람들

속에 숨어서, 나는 다시 심야(深夜) 속에 파묻힌다
타인들과 햇빛을 나누기 싫어서
혼자만의 빛을 누리고 싶어서
야밤 속에 숨고 골방 속에 파묻혀서.

죽는 곳이 더 고향이다

평온함 뒤에는 절대로 평온함이 없지만
위험에는 또 다른 위험이 뒤따르는 줄 아는
늙은 늑대는, 바람을 따라 움직인다지

늑대만은 못해도 서릿바람에 도지는 가을야성
피비린내 덜 가신 철원 벌판 헤매며 늑대 울음 울부짖
다가
홀연 마주친 몇 포기의 마른 율무
율무염주 썩어진 그 자리를 뒹굴어
쇳물 불그레 잡석(雜石)이면 어때

오지 않을 세상이 와 있다는 도피안사(到彼岸寺)
이마 솜털 새파란 율무스님 흉내 내는
철불(鐵佛)의 미소에 눈 흘기는 막돌멩이
핏물 아직 벌건 쇳들 철원(鐵原) 언덕에서.

해탈론

최고로 높은 이는 고3 학생이고
제일 힘센 종교는 대학교이고
최고의 신은 과학이라는 이 시대
위인들은 사상을
서민들은 일상을
여인들은 의상을 얘기한다는 여기서

인생 반전을 노린 적 없이 살다가
돌아버려, 암흑물질이 된 치매 환자
문병하고 오다가 마주친 강제철거 현장
돌았어 완전 돌아버렸어
한 번도 죽어본 적 없이 살아온 이들의 세상은
돈 사람들 없이는 돌아가지 않겠지만
지구가 쉬지 않고 돌아가는데
붙어살자면 돌지 않을 수 없다고 고래고함 치겠지만
어떻게 돌아야만 암흑물질이나 될 수 있을까

고통아 제발 날 한번 돌려줘봐.

이상적인 연인들

이세계 씨는 누구와도 코드가 맞지 않지만 잘 살고 있다

그의 오감은 이 세상(離 世上)과는 주파수가 잘 맞아서 혼자 살아도 행복하다

그가 콧노래를 부르거나 휘파람을 불면 누가 들어도 괴상하지만, 오직 그 혼자만은 유쾌하고 상쾌해지고, 이런 자기를 알 수 있는 아무도 없다는 사실에 통쾌해지곤 한다

그를 안다는 사람들은 그를 모르는 사람들이어서, 그는 독신 같지만 독신이 아니다

그는 이미지(異未知) 양과 자주 교신하며 그들 식으로 사랑을 나눈다

당장이라도 만나 결혼도 할 수 있지만 둘 다 이런 사랑을 더 좋아한다

이미지 양과 이세계(異世界) 씨 관계는 이상적(異常的)이어서 이상적(理想的)이다.

내일이여 휘파람을 불어다오

어쩌다가 마주치면, 못 본 체
다가와 아는 척하면, 누구시더라
모르는 사이냐고 누가 물으면, 글쎄요
혹시 눈치 없이 소개하면, 초면에 실례합니다

오늘에는 비록 어제가 끼여 있지만
내일은 절대로 기웃거리지 마라
그림자 한끝도 얼씬대지 마라

시간 너머 세월이 천천히 만들어주는 대로
망각 끝에 혹시 새로 피는 꽃송이
꽃잎 하나도 각혈(咯血)하지 마라
그냥 휘파람도 한 모금만 불어라.

로꾸거로

입에 쓴 것이 몸에 좋다는 말 믿어가며, 절망보다 투명하고, 치욕보다 냉혹하고, 실연보다 쓰디쓴 맛, 쓰기 때문에 중독되고, 중독성 때문에 해롭고, 해롭기 때문에 당기는 맛

깨어나는 사랑을 죽이려고, 사랑만큼 해로운 쓴 술을 마셔댔는데, 술약 사먹었다고 마음 놓고 마셔댔는데, 망가질 때까지 취하자며, 토할 때 서로 등 두드려줘가며, 원샷으로 돌아가며 파도타기 했는데

배포도 의욕도 맷집도 투지도 놓아버렸다, 한두 잔의 소폭탄에도 꼬꾸라져버린다, 몸이 마음을 놓아버리니 마음도 몸을 떠나가버린다, 낭만도 동지애도 전우애도 잃어버린 몸과 마음, 거꾸로 와서는 로꾸거로 돌아간다.

현재는 선물이 아니다

있지도 않고 없지도 않은 세상을 찾아
있지도 않고 없지도 않은 화어(火魚)를 찾아
떠나기만 하는 나는
헤매기만 하는 나는
믿어지는 것만 믿는 나는
겨울밤 지하도의 노숙자를 지나가는 나는
현재(present)가 곧 선물(present)이라는 말을 혐오하며
믿고 싶은 것만 믿기로 한다
미래만 믿기로 한다

인도에서는 불가촉천민 하리잔이
신의 아들이라는 뜻이라는 걸 떠올리며
거지 나사로가
하느님 나라에서는 아브라함 품에 안겼다˙고 믿으며.

• 신약성경, 루카복음서 19장 22절.

100

한계령을 읽어내다

금붕어가 어항으로
앵무새가 새장으로
맹수들이 동물원으로
제 발로 찾아오는 지금 여기에서
타조와 칠면조가 날아다니고
펭귄이 날아와 겨울을 누리는 거기는

시력만큼 신발 크기만큼 다리 길이만큼
보이는 데까지만 가보면 다시 그만큼 보인다고
한꺼번에 다 보면 겁먹을까 봐
겁먹고 지레 포기해버릴까 봐
지구 밖 어느 별로 이민 가서 살고 싶은
꿈도 자주 꾸면 현실이 된다고

넘으라는 표시가 금지만은 아니라고
자극하고 부추기며 충동질하느라고
불가능을 위장한 이름이 한계령(限界嶺)이라고.

흑해

소아시아가 늘 한번 들르라고 했다
신약성경의, 아라베스크 문양의, 비잔틴 문명의, 6·25의
전우애의
권유와 설득과 유혹은 끈질겼다

돌아오는 내내 속이 울렁거렸다
눈곱 침 콧물이 검었다
유럽과 아시아 사이의 검은 내륙해라던 말은
고막을 후려치는 파도 소리
울렁출렁 멀미는
흑해 파도라고 본색을 밝힌다

루마니아 불가리아 구소련 터키
연안제국들의 먹잇감 흑해는
시도 때도 없는 슬픔 고독 고통 절망을 먹여 살리려고
내 속으로 이주했다고
수다와 침묵의 경계에 자리한 내륙해로서
쉬지 않고 울렁출렁 파도칠 거라면서.

나도 이상해진다

고향은 딴 나라 같고 옛 친구는 딴 세상만 얘기한다
내 집도 딴 집같이 서먹해서
남의 식구 같은 내 식구들이 손님처럼 드나든다

내 얘기를 내가 하면
남 얘기하는 줄로 알았다고들 한다
나도 자주 내가 남 같다
남이 한 말을 내가 한 말이라고 우기면
귀찮아서 그렇다고 해버린다
거울을 볼 때마다 늘 낯설고
내 목소리도 멀리 귀설게 들리곤 한다
남의 모습 같아서 대충 입고 대충 먹고 마신다
내 하루는 누군가의 일상이곤 한다

내가 하고 싶던 말을 남이 할 때도 많다
이 세상에 내가 굳이 필요한가
내가 꼭 나여야만 할 까닭도 없는 것 같고
버스에서도 앉아 있어도 서 있는 누구 같아서
다리가 뻣뻣 통증이 온다.

공부

풀밭에 떼 지어 핀 꽃다지들
꽃다지는 꽃다지라서 충분하듯이
나도 나라는 까닭만으로 가장 멋지고 싶네

시간이 자라 세월이 되는 동안
산수는 자라 미적분이 되고
학교의 수재는 사회의 둔재로 자라고
돼지 저금통은 마이너스 통장으로 자랐네

일상은 생활로, 생활도 삶으로 자라더니
아무것도 아닌 것이 되어버리네
아무것도 아닌 것이 되기 위해서
그렇게도 오랜 공부가 필요했네

배우고 돌아서면 잊어버리는
미적분을 몰라도 잘 사는 이들
잘 살아서 뭣에다 쓰게

쓸데가 없어야 잘 산다는 듯이
꽃다지들 저들끼리 멋지게 피어 웃네.

검은 리본을 문신하다

어리석음은 말하지 않는다
고통은 더욱 말하지 않는다
다른 것은 알지도 못하니까
새우잠도 잠이었고 눈칫밥도 밥은 밥이었느니
푸대접도 대접이었고 미운 정도 정이 되었는가
꿈의 죽음을 조상(弔喪)하느라고
상장(喪章)을 가슴에 달고 다니다가
평생 상중(喪中)이 되고 있다
내 몸의 일부가 되다가 온몸이 되겠지

어느새 기다림이 없어졌다
강물처럼 세월도 거꾸로 흐르지 않는다고 믿어
겁이 없어졌다 고통이 사라졌다
뭐가 두려운가 뭐가 괴로운가
잘 먹고 잘 자고 잘 걷는다
대낮에도 밤길이었는데
밤길도 훤하다.

그늘 곳

먼 바다 마을에는 지진과 해일이 자주 있다지만
적막들만 모여 살아 지진과 해일도 그리워지는 곳
그리움이란 그리움들이 모두 몰려와서
이마에 손 얹고 멀리멀리 바라보다가는
맥없이 돌아서도 또다시 꿈꾸게 되는 곳

대낮에도 어둡고 밤에는 더 검어 세상 구석인데도
세상이 제 몸 아니라고 도리도리하는 곳
사철 돋아나는 혓바늘과 구혈(嘔血)로
때로는 화산이다가 어느새 빙하가 되는 곳

아무 데나 한 발만 밀어 넣어도
고향집 아랫목이 느껴지는 곳
아리고 쓰린 어머니 냄새 묻어나는 곳
혼자 있어도 성모님 함께 있다고 믿고 싶어지는 곳
산짐승도 지나다가 풀꽃이 되고 싶은 곳
여위고 창백한 풀포기들 쓰러져도 살아내는
곳이면서 곳인 응달, 내 가슴 한쪽.

아직도 아직도냐?

이 자갈돌들은 언제쯤 바위로 자랄 것인가
저 강물은 언제쯤 거꾸로 흐를 것인가
저 말 대가리에는 언제쯤 뿔이 돋을 것인가
내 이맛머리 새치는 언제쯤에야 검어질 것인가

목마르지 않아도 생수를 보면 마시고 싶고
기차를 보면 떠나가고 싶고
바다에 서면 바다 너머 누군가 기다릴 것만 같지

진창 같은 수모를 기억하는 신발 밑창이
얼음판 같은 냉대를 기억하는 구두코가
아직도 삐뚤어져 있다

재수 없다 재수 없다 재수 없다고
세 번 침 뱉고 세 번 왼발로 걷어차는데
땅바닥은 까만 얼음판이다
새까맣게 얼어붙은 진창, 배시시 웃고 쳐다본다.

발에게 맡긴다

침대에서 죽는 것이
바이킹에게는 최대의 수치였다지
쉰셋의 나혜석도 길에서 죽었다지만
나는 살기 위해 길을 간다
길에 배고픈 발을 위하여
마음의 병도 발에게 맡긴다

보아도 못 보고 들어도 깨닫지 못할 때까지
아픈 마음 아프지 않을 때까지
마음이 없어져버릴 때까지
몸도 없어져 발만 남을 때까지
발이 발인 줄도 모를 때까지
걸으면서 걷는 줄도 모를 때까지
걸어서 에덴까지
낡은 지팡이 하나로 우뚝 서버릴 때까지
지팡이에 싹 돋아, 금단의 사과 꽃필 때까지.

마이너리티

무엇에나 이기면 좋고 지면 화나지
지고만 살아와서
마음은 늘 화나 있고 몸은 늘 병든걸
단물 신물 쓴물 짠물 다 마셔봤지
마셔봤다고 뭐가 달라져야 말이지
일상은 전쟁이고 일터는 전쟁터인걸
내상(內傷)으로 골병 든 부상병인걸
일상에서 도망 다니는 도망병, 결국은 붙잡히는걸

붙잡히지 않는 바람이고 싶은데
서녘에서 일어나는 하늬바람이다가
동녘에서 부는 샛바람이기도 하고
남풍 마파람도 좋고 북풍 높바람도 괜찮아
사방팔방에서 이름 바꿔 둔갑하며
메이저를 조롱하는 마이너이고 싶어
여름철 싹쓸이 태풍처럼
기분 한번 째지게 통쾌해보고 싶어.

겨울 부활

묵시록을 읽었나 입들 다 닫혔다
말보다 더 아픈 말 없음의 말은
실연보다 깊고 실패보다 무거워도
후미진 골짜기 그늘 낀 산자락에는
지고 싶지 않은 구절초 꽃 아직 있어
세상에는 꿈꾸는 이들 아직 남았는데
적막한 입은 적막한 사랑으로 깊고 무거운 적막이 되어
다다를 아득한 거기, 하늘인가 지옥인가

피할 수 없었던 불행마다
소중한 무엇이 되어줄 거라는 확신처럼
하늘 말씀이 쏟아져 내린다
무신론자도 한 번쯤 종교적이 될 수 있게
눈발은 기도처럼 그윽하고 축제처럼 풍성하지만
마른 가지 흔드는 까막까치들 까만 울음소리는
눈발 때문에 더 섦고 더 춥다

염치없지만 어쩔 수 없다고

퍼붓는 눈발 헤치고 걷어차고

가시넝쿨 가시 끝마다

새빨갛게 익는 찔레 열매, 선혈 얼음이다.

무궁한 미래의 오랜 어린이들

보리밭도 사잇길로 돌아들어서
과수원 길을 따라가면
어린이 박화목과 마주쳐요
쟁기 메고 밭 가는 얼룩소를 졸졸 따라
두 귀가 엄마 닮은 얼룩송아지도 만나요
박영종 어린이 시인 박목월과

땅끝 지구 끝에서도 들리어오는
애국가보다 더 애국가인 '나의 살던 고향은'
꽃피는 산골 소년 이원수와
뜸부기 우는 무논 길을 타박타박 걸어가며
서울 가신 오빠가 비단구두 사 온다고 자랑하는
소녀 최순애는, 우리 고향이지요

소파 방정환
반달 윤극영
눈솔 정인섭
색동 윤석중

난정 어효선도

천국 어느 길목에선 듯 한꺼번에 달려와

저마다의 동요를 목청껏 부르는 5월 5일

그립다고 말을 하면 눈시울 젖어오는

옛날부터 미래까지

무궁토록 무궁무궁 우리 어린이들이지요.

얼굴 속의 얼굴들

낯익은 얼굴만 떠올려주는
너, 내 손자 맞니?
웃음소리에 잠 깨어 울음 터트리자
그제야 영락없는 나라고 한다
왜 하필 울 때 내 얼굴이냐

요 작은 얼굴에 그렇게도 여러 얼굴이 담기다니
혈연의 원근(遠近)도 연령 성별 안 가리고
무순위로 무작위로 담긴 조상들
이마와 이목구비 웃을 때 접히는 살주름까지
하품할 때 찌부러지는 표정도
어디 가서 어떻게 찾아내어 닮았을까

손바닥만 한 첫돌 아기 얼굴 속의 얼굴들
다시 한 번 이 세상으로 돌아오고 싶었다고
저세상 조상들이 한꺼번에 오셨을까
죽어도 영영 죽는 게 아닌가 봐
기쁘다가도 왠지 겁난다.

지구 탓이다

늘 어지럽다 느글거린다 메스껍다
아무래도 멀미 같은데 쉬라 하는 주치의
날마다 쉬는 줄 몰라 그런다고
투덜투덜 천문학자를 찾아갔다

순전히 자가진단인데
지구 때문이 아닐까 했더니
그럴지도 모른다나
그 말에 힘을 얻어 자전(自轉) 탓인가 하자
공전보다 빠르니까 그럴지도 모른다나
이래서 제 병은 제가 가장 잘 아는 거야

어떻게 해야 지구를 탈출할지
천문학자도 고개만 갸웃
안 그래도 오래전부터 UFO를 기다렸다고 하자
NASA나 가가린우주센터에 메일을 보내란다
수성 금성 화성 토성 목성 해와 달과 명왕성 중에
적당한 데를 천거해줄 거라나

누워서 가기보다는 앉아서 가고 싶으니까
로켓보다는 은하열차를 타고 싶다
도중에 은하수에 들러 수영 한번 할 수 있게.

All Fools' Day[•]

일 년 내내 침묵했다고
혓바닥이 아우성치는 날
나는 마태복음 28장 21절^{••}에서 태어났다면서
내 말을 성경 말씀처럼 믿는다

나는 4월보다 잔인한데
다들 4월 첫날만은 내 입을 즐거워하며
잠깐씩 숙맥(菽麥)이 된다
그것이 좋아서 다시 바보가 된다

모두가 영어에 병이 깊어
April Fools' Day라 해도 개의치 않는다
　나는 변할 수도 없는 오랄(Oral)^{••} 알타이(Altai)^{••} 어
족이니까
　오늘이 지구의 종말이라고 해도 마냥 좋아하는 이들
과 함께

366일 날마다 거짓말과 참말

두 언어(bilingual)에 유창해간다.

- All Fools' Day: 만우절의 다른 이름.
- •• 마태복음은 28장 20절이 끝 절이므로, 없는 21절은 만우절의 근거로 인용
  되어왔다.
- ∴ 우랄알타이의 우랄을 입(Oral)으로 비틀었다.
- ∷ 우리말이 우랄알타이어족에 속한다는 근거는 일제강점기 류진걸(현재 안
  동시 임동면 수곡동 소재 수애당(水崖堂)이 그의 고택)이 고학 시절 동경대
  의 언어학 교수 핀란드인 맨스필드 교수를 비밀리에 자주 찾아가, 조선어
  책을 읽어주면서 확인받은 언어 분류라고 한다.

119

겨울 환상

늘 바깥인 줄은 알고 있었지만
밖에서도 바깥이 되고 말았네
비어 있지만 가득하고
아무도 없지만 웃음소리 왁자하네
문이 없어도 안방이네
호풍(胡風)까지 뼛속을 어루만져주어
가장 추운 곳이 가장 따뜻한 아랫목이네

승냥이 떼 울음 묻어오는 눈발을 타고
모습이 뭉개져도 모습이 얻어지네
색깔이 지워져도 색깔이 얻어지네
모두가 신부이고
어디나 신방(新房), 신세계
어떤 길에도 모퉁이는 있게 마련인지
사실이 햇빛에 익어 역사가 되는 동안
진실은 달빛에 익어 모퉁이의 전설이 되네
헛됨이야말로 복됨이 되네.

그림자도 달밤 탄다

문명적인 나의 원시적인 너는
내가 얼음일 때 불꽃이었고
네가 얼음일 때 불꽃이었던 나로부터
멀어져 까만 점 하나로 사라졌다가
문득문득 검은 옷의 제사장으로 돌아와
생도 죽음임을 힘써 부정하는 나의
내 새치머리 천연색 차림에도
늘 검은 상복이네
제 죽음을 앞당겨 조상(弔喪)하네

혼자서도 혼자가 아니네
흑이면서 백이고
태초 이전이면서 종말 이후이네
너무 가까워서 너무 멀어도
달빛을 받으면 체온이 함께 올라
혼자 놀아도
서로를 벌주고 벌받는 단짝이 되네.

국민부적 *

세종의 어진과 해와 달 수성 목성 금성의 일월오봉도
와, 혼천의와 천상열차분야지도와 망원경 ** 을 앞뒷면에
담았으니, 땅에 발붙이기 힘들어 하늘에 뜻을 두고 하
늘에다 바라고 빌며 살아왔으리

해와 달과 별로부터 자유로울 누가 있으랴, 달무리 달
그림자와 별무리의 밤하늘은 우리네 어머니, 스스로를
돌아다보며 겸허를 배우는 마음의 거울이며 하늘 섬겨
바라는 기도이고 염원이니

천문을 숭상하고 지리를 익히며 살아온 장구한 역사
가 배어난, 태극과 팔괘 문양의 태극기가 국가부적(國家
符籍)이듯, 우리네 일상생활과 직결되는 일만원권은 국
민부적(國民符籍)

하느님이 보우하사 우리의 만세이기를, 하늘 섬겨 바

라는 기도로 태어나서, 국가부적 펄럭이는 하늘을 이고
사는 우리 모두의.

• 한국천문연구소 박석재 소장의 특강에서 시상을 얻었다.
•• 경북 영천시 보현산의 천문대 망원경.

밥해주러 간다

적신호로 바뀐 건널목을 허둥지둥 건너는 할머니
섰던 차량들 빵빵대며 지나가고
놀라 넘어진 할머니에게
성급한 하나가 목청껏 야단친다

나도 시방 중요한 일 땜에 급한 거여
주저앉은 채 당당한 할머니에게
할머니가 뭔 중요한 일 있느냐는 더 큰 목청에

취직 못한 막내 눔 밥해주는 거
자슥 밥 먹이는 일보다 더 중요한 게 뭐여?
구경꾼들 표정 엄숙해진다.

성덕대왕신종

너무 깊고 너무 아픈 사연들 모아
부처님께 빌었어라
한 번 치면 서라벌이 평안했고
두 번 치면 천리까지 평안했고
세 번 타종하면 삼천 리까지라
거기까지가 신라 땅 되었어라
금수강산으로 수(繡)놓였어라
어지신 임금님의 옥음(玉音)이 되었어라
만백성들 어버이로 섬기었어라

끝없이 태어날 아기들을 위하여
끝없이 낳아 키울 어미들을 위하여
한 어미가 제 아기를 공양 바쳐 빌었어라
껴안고 부둥켜안고 몸부림쳐 빌었어라

에밀레~ 에밀레레~ 종(鐘)소리 울렸어라.

'어둠빛'을 노래하다

최현식 · 문학평론가

누군가의 글쓰기에서 '왜'를 묻는다면 '과정'에, '무엇'을 묻는다면 '결과'에 초점이 맞춰진 것처럼 느껴진다. '왜'에는 현재에 대한 개입 의지가, '무엇'에는 미래의 구축(構築) 욕망이 어른거린다는 인상 때문이다. 그렇다면 "무엇을 위해 시를 써왔나"라고 묻는다면, 이것은 '왜'와 '무엇' 가운데 어느 쪽에 친화하는가? 나는 이 문장의 핵심은 "무엇"보다는 "써왔나"에 있으며, 그래야 '시'의 정신과 운동의 파고가 더욱 격렬하고 장대할 것이라고 감히 믿는다. 유안진 시인의 동명(同名)의 시를 빌린다면, '무엇'에만의 집중은 "일당 5불을 위해"라는 목적성이 앙앙 들러붙지만, '왜'에의 배려는 "철도가 좋아 일했던 것 같"다는 무목적성이 느릿느릿 휘돈다고나 할까?

그러나 이 대조적 인용을 어느 것의 우월함을 규정하는 윤리적 가치판단쯤으로 서둘러 오인하지 마시라. "5불"과 "좋아 일했던"의 차이는 선악의 구성과는 무관한 '관심', 그것도 주어진 삶과 생활의 서로 다른 방향을 지시할 따름이므로. 물론 전자는 삶의 세목을 부단히 저울질하는 계량의 손목을 두텁게 한다면, 후자는 고유한 삶의 무늬를 조심스레 잣는 직조(織造)의 손길을 부드럽게 할 것이다. '왜'라는 물음이 '무엇'이라는 답을 부드럽고 풍요로운 운사(韻事)의 영지로 안내할 수 있다면, '직조'의 섬세함이 '계량'의 뻣뻣함을 압도하기 때문이다. 하지만 직조의 손길이 정작 위대한 것은 '미'의 창안과 제조의 능숙함 못지않게 그 내부에 다음과 같은 삶의 원리를 원숙하게 짜 넣을 줄 알기 때문이다.

> 기다리지 않아도 오게 되어 있는 건 기다림이 아니다
> 기다림에 길들여져
> 기다릴 게 없다는 것이 견딜 수가 없어서
> 이루어지기를 기다리는 게 아니라 기다림을 기다린다
> 위대한 허무(虛無)란
> 기다릴 게 없는데도 기다리는 것이다.
>
> ─「기다림을 기다린다」 부분

맥락을 고려하면 '기다림'은 시간의 조심성 없는 소비가 아니라 '오지 않는 것'을 찾아내는 역동적 행위이다. 발견/창조의 지평은 그러나 존재의 투기(投企)와 패배의 지속을 영토세로 요구하는 경우가 허다하다. "기다릴 게 없는 데도 기다린다"는 역설은 그래서 성립하며, 그것의 끝 간 곳에 "위대한 허무"가 켜켜이 적층되어 있다. 따라서 이곳은 삶의 성패를 판별하는 논리의 장(場)이 아니다. 차라리 "삶이 아닌 삶도/죽음보다 더한 죽음 이상도/또한 삶"(「피뢰침, 죽을힘으로 산다」)임을 고통스럽게 기입하는 '절대 생명'의 텍스트이다. 이 생명은 삶의 의지와 죽음의 순화로 억지로 무두질되지 않는다. 일체로서의 '삶·죽음'을 향한 연가(戀歌)와 애가(哀歌)를 함께 노래하는 세이렌으로 우리 주위를 맴돌 뿐이다. 유안진의 새 시집 『걸어서 에덴까지』를 연륜과 청춘의 언어로 동시화할 수 있다면, 세이렌의 연가와 애가가 일방적 해체와 통합을 거부하는 상호 모순과 연대의 생령(生靈)으로 출몰하고 있기 때문일 것이다.

유안진의 "위대한 허무"는 '기다림을 기다리는 것'으로 언명되고 있다. 기다림은 그러나 구체적인 방법과 행위로 스스로를 실현하지 않는 한 실체가 불분명한 영혼의 울렁거림으로 흔들릴 위험이 있다. 삶과 언어의 안정성을 생각하면, 시인의 '기다림'은 삶의 응시보다는 관조를, 친밀성의 협위보다는 응집을 우위에 놓을 것이다. 하지만 시인은 의외성과 불화성의 유곡(幽谷)으로 존재/언어를 추락시킴으로써 '기다림'에의 입장료를 지불하는 경탄/경악할 모험으로 우리를 안내한다.

추락의 기술은 의외로 단순해서, 젊은 청춘의 노랫가락을 빌린 "거꾸로 로꾸거로 기법"(「시인의 말」), 그러니까 기존 세계/의미를 뒤집어봄으로써 소격 효과를 발생시키는 방법이다. '기법'이란 말에만 유의한다면, 시적 언어의 전략과 수준은 '유희'와 '반어'의 반복적 제작쯤으로 감량되기 십상이다. 허나 사실을 말하면, '기법'이라는 겸손한 예의 뒤에는 유일무이한 편편의 창조와 느낌만으로 충분하게 식목되는 시림(詩林)에 대한 기대가 울울하다. 이것이야말로 동서고금을 막론하고 '시의 이슬'에 핏빛이 서릴 수밖에 없는, 그리고 시인이 사신(死神)의 어깃장에 맞서 영원한 생령(生靈)으로 떠돌 수밖에 없는 본원적 지평이 아니던가.

물론 유일성은 과거·현재·미래의 연속성을 제거하는 한편, 거기서 출몰하는 이질성들을 그것들의 새로운 관계로 수렴할 때에야 간신히 성취된다는 점에서 도취 이전에 공포의 형식이다. 그러나 어쩌랴, '로꾸거'식의 배제와 연대를 통해서야, O. 파스의 말을 빌리면, "우리가 우리 자신임을 그만두지 않은 채로 동시에 타인이라는

순간적 지각(경험―인용자)"을 사는 '타자성의 발현'이
겨우 가능한 것을. 유안진식 기다림의 주요 원리는 그래
서 "의심의 옹호"로 천명될 수밖에 없다. 그 불화 과정
에서 깊이 각인되는 심리적 상흔을 먹먹하게 응시하는
고통 또한 시인이 피할 수 없는 시애(詩哀/愛)의 한 경
험이다.

> 의심하고 의심받는 것은 철드는 것인가 봐
>
> 나 아닌 줄 알았다는 말을 들으면
>
> 나도 거울을 보곤 하지
>
> 나 아니게 보여주지
>
> 살수록 긍정의 배신자가 되고
>
> 확신에 주저하고 모호해져
>
> 이런 것도 철든다고 하는지는 몰라도
>
> 정직해지는 것만은 틀림없어
>
> 슬퍼지면 정직해지니까
>
> 달빛이 햇빛보다 더 정직한가 봐
>
> 달빛 아래서는 슬퍼져 제정신이 들지
>
> 철부지도 아니면서 왜 이러고 있지?
>
> 여기가 어디지?
>
> ―「의심의 옹호」 부분

서로 주고받는 의심은 친밀감의 삭제인 동시에 상호 배제의 실행이다. 긍정의 배신과 확신의 감쇄는 '로꾸거'의 실천이 초래하는 불행의 대표적 양태들이다. '로꾸거'의 불행은 그러나 필연이기 전에 위장의 감각일 수 있다. 왜냐하면 그것은, "의심의 옹호"란 말이 암시하듯이, 주어진 현실이나 타자와의 연관을 억압하고 제거하는 문자 그대로의 '의심 / 배제'와도 결별하기 때문이다. 오히려 '로꾸거'의 시좌(視座)는 주어진 세계 / 의미의 이면에 숨겨진 풍요로운 연관과 이질성을 발굴하고 가치화하는 에로스의 새로운 분할을 현실화하고야 만다.

가령 시인의 이런 발언은 어떤가? "사람이란 대체로 / 관리의 대상이기보다는 / 관심의 대상이며 / 믿음의 대상이기보다는 / 사랑의 대상일 따름인 줄을 / 부디 알고나 믿어주시기를."(「참말로 참말하면」) '관리'와 '믿음'이 주체의 목적성에 귀속된다면, '관심'과 '사랑'은 타자에의 배려 또는 자율적 취향의 무목적성에 내속된다. 이 대조적인 영혼의 파장들은 결국 "나의 나는 바로 너"(O. 파스)라는 타자성 실현의 깊이와 정도에 따라 그 관계와 아우라의 진정성을 심판받게 될 것이다.

"뒤로 걷는" 시인의 행보는 따라서 "다들 앞으로" 걷는 존재의 습속과 관성을 비판하기 위한 독설적 파행(跛行)과 무관하다. 그것은 "혹시 누가 내 발자국을 신고 따라오나"(「반성 방법으로」)를 살펴보는 한편 그 '발자국'을 계속 성찰하고 수정하려는 개선의 정념인 것이다. '나'의 수정/개선이 없고서는 타자와의 관계는 "이상적(異常的)이어서 이상적(理想的)"(「이상적인 연인들」)인 상황으로 결코 도약되지 않는다. 과연 『걸어서 에덴까지』에서는 종교적 신념과 일상적 경험이 종종 동일한 의심/반성의 지반에 세워진다. 이것은 신과 인간의 불화 또는 신성모독의 현실을 힐난하려는 부정적 방책과 거의 무연하다. 차라리 존재의 불완전성에 대한 침통한 자각을 극단화함으로써 우리 삶 전반을 좌우하는 이항대립적 관계들을 파괴하거나 새로 조정하려는 '로꾸거' 전략으로 이해되어 무방하다.

> 닭과 마주칠까 늘 가슴 조였을 테고
> 닭 소리 들릴 때마다 경기에 시달렸을 테고
> 닭살이 자주 돋아 가려움에 시달렸을 테고
> 계란이란 말만 들어도 알레르기에 시달렸을 테고
> 때 없이 닭 울음보다 깊고도 길게 울었을 테고
> 십자가에 거꾸로 매달려 순교하기까지
> 닭고기는커녕 계란조차도 없이 살았을 게다
> 너무너무 가난해서.
>
> ─「베드로는 닭고기를 먹었을까」 전문

'신성'의 위반 혹은 부정은 창세기 이래 무수히 반복된 인간의 업보로, 시간의 흐름은 곧 원죄의 적층 과정이었다. 예수의 출현과 더불어 '원죄'의 해소와 '구원'의 계기가 주어졌지만, 베드로는 신성을 부인함으로써 우리를 절대고독의 유곡으로 다시 밀어 넣었다. 그런 의미에서 "닭 울음"은 베드로를 향한 계몽성(啓蒙聲)이기도 했지만 우리들의 비탄이 앞으로 영원할 것임을 알리는 계고성(戒告聲)이기도 했다.

하지만 만약 닭의 추상이 여기에 그쳤다면, 그 울음은 여전히 신성에 예속된 무엇으로 제한되었을 것이다. 시인은 다행히도 신성의 배반이 윤리의 파탄 이전에 삶의 "가난"과 긴밀히 연동될 수 있음을 베드로의 사후(事後)적 행위에 대한 상상을 통해 적시함으로써 그 제약을 진득하게 건너뛴다. 물론 그렇다고 "가난"이 우리 삶의 속죄양으로 바쳐질 리 없고, "닭 소리"의 상징이 우리 의식의 저편으로 추방될 가능성도 없다. "가난"에 대한 성찰은 그러나 늘 신성 앞에서 비루한 형태로 외현되기 마련인 우리들의 위험을 다른 방식으로 사유하고 비껴갈 가능성을 열어준다. "가난"의 고려가 시인에게는 '관심'과 '사랑'의 또 다른 형식임이 투명하게 드러나는 대목이다.

묵시록을 읽었나 입들 다 닫혔다

말보다 더 아픈 말 없음의 말은

실연보다 깊고 실패보다 무거워도

후미진 골짜기 그늘 긴 산자락에는

지고 싶지 않은 구절초 꽃 아직 있어

세상에는 꿈꾸는 이들 아직 남았는데

적막한 입은 적막한 사랑으로 깊고 무거운 적막이 되어

다다를 아득한 거기, 하늘인가 지옥인가

　　　　　　　　　　　　　　　　　　—「겨울 부활」 부분

　"구절초"가 '악의 꽃'일지 아니면 '선의 꽃'일지를 결정
하는 것은 신이 아니다. 절대자가 부과한 실연과 실패의
운명은 누가, 어떻게 "적막한 사랑"과 "무거운 적막"으
로 전유하느냐에 따라 그 의미와 가치가 썩 달라진다. 그
러니까 비평가는 '부활'의 전제조건을 묻고 있는 중이다.
시인은 고유성의 핵심일 "추억도 환상이다"라는 고해(告
解)로 그 답을 에둘러 제출했다. 시인에 따르면, 과거 지
평의 "이별"은 "사실보다도 더 찬란한 허구"이며 "생시
보다 점점 더 생생해지는"(「추억도 환상이다」) 영원성 같
은 것이다. 그러므로 "추억도 환상"이란 말은 첫째, '추
억'을 이미 지나간 쓸모없는 것으로 폄하하는 소란들에
대한 비판이다. 둘째, 현재와 미래의 의미/가치 구성에

결정적 기여를 하는 것이 '추억'임을 역설적으로 강조하는 일종의 방법적 사랑이다.

왜 안 그렇겠는가. 우리의 모든 경험과 대상애(對象愛)는 언제나 유일무이한 것이며, 결코 사라지는 법 없이 우리의 현재와 미래 속으로 항상 밀려드니 말이다. 여기에 결여된 삶과 시가 "하늘"이며 "지옥"이고 또 둘 다도 아닌 "아득한 거기"로 도약하는 힘의 원천과 비밀이 숨어 있다. 더욱 중요한 것은 '지나간 시간'의 귀환과 도래가 단순히 존재의 도약으로 그치지 않는다는 사실이다. 그것은 어떤 숙명이나 폭력에 의해 은폐/삭제되었던 '관계성'의 회복과 확장을 동반한다는 점에서 일종의 혁명적 사태이다.

이 혼돈의 무대에 함입되는 순간 우리는 "헛됨이야말로 복됨이 되"는 "신세계"(「겨울 환상」)의 충실한 신민으로 거듭난다. "적막한 입"은 그러므로 모든 사태와 지복을 '침묵'으로 다성화하는 이상한 가역반응의 현장이다. 또한 그것이 내밀하게 실현된 "신세계" 자체를 상징이다. 사실 이런 도약과 반전에 대한 믿음이 없다면, "때 없이 마주치는", "주어 목적어 본문이 완전 삭제된" "추억들"(「기타 등등뿐」)이 어떻게 더할 나위 없는 '어둠빛'으로 문득 현현할 수 있겠는가.

시인의 "백색 어둠"에 빚진 조어(造語) '어둠빛'은 의

당 형용모순의 진실을 의도한다. 이것이 "거꾸로 로꾸거로"의 기본원리임은 "모든 밝음은 어둠에서 태어나고 / 어떤 어둠에도 빛은 있기 마련이라는 / 도달할 수 없는 이치"라는 말로 입증된다. "백색 어둠"과 '어둠빛'은 그러나 밝음(빛)과 어둠의 배합비율에는 크게 관심이 없다. "밝아지는 눈"(「백색 어둠」)의 원천으로서 '어둠'의 절대성, 다른 말로 "검은 절대주의"(「검은 에너지를 충전받다」)의 가치를 최고로 잉여하는 말일 따름이다.

녹음이 짙어지면 검푸르다
단풍도 진할수록 검붉다
깊을수록 바닷물도 검푸르고
장미도 흑장미가 가장 오묘하다

검어진다는 것은 넘어선다는 것
높이를 거꾸로 가늠하게 된다는 것
창세전의 카오스로 천현(天玄)으로
흡수되어 용해되어버린다는 것
어떤 때 얼룩도 때 얼룩일 수가 없어져버린다는 것
오묘 기묘 절묘해진다는 것인데

벌건 대낮이다

흐린 자국까지 낱낱이 까발려서 어쩌자는 거냐

버림받은 찌꺼기들 품어 안는 칠흑 슬픔

바닥 모를 용서의 깊이로 가라앉아

쿤타 킨테에서 버락 오바마까지의

검은 혁명을 음미해보자

암흑보다 깊은 한밤중이 되어서.

　　　　　　—「대낮이 어찌 한밤의 깊이를 헤아리겠느냐」 전문

　노예에서 대통령으로의 "검은 혁명"은 백인의 인종주의에 맞서 "검은 것은 아름답다"며 흑인해방운동을 실천한 복수(複數)의 '마틴 루터 킹'들을 저절로 환기한다. 그들의 해방을 향한 열정과 존재 회복의 갸륵한 정념은 숭고하다 못해 참혹하게 아름답다. 모든 가치를 독점한 백색 권력과 자본의 오도된 생명정치를 비판한 그들의 실천은 하위 주체의 목소리를 제한적이나마 복권했다는 점에서 위대하다. 이 저항의 언어는 그러나 "버림받은 찌꺼기들 품어 안는 칠흑 슬픔"으로 처절하게 스며들지 않는 한 인간과 자연 공통의 "검은 평등에 검은 자유"(「블랙 파라다이스」)를 구현하는 최후의 해방어로 문득 변신하지 못한다.

　이를 유의하면 유안진의 "검은 절대주의"는 애초부터 존재혁명의 모멘트로 선언된 것이었다. 2연의 적절한 예

들처럼 '어둠'(=검음/블랙)은 무분별한 혼란 아닌 카오스적 창조를, 의미의 강제적 분열 아닌 의미의 자발적 분산을 호명한다. 시인의 오래고 밝은 연륜은 이 경험적 진실을 "밤하늘이 참 하늘이다"(「블랙 파라다이스」)로 언표 중이다. '어둠'에의 자발적 내속과 역발상적 참여는 "움직이는 것들에 고요와 침묵"(「정전 사고」)의 생산적 혜안과 통찰력을 지혜롭게 안내한다.

이 과정에서 툭툭 터지는 존재의 역전은 이제는 탈색 없는 영원과 윤리의 담론으로 추상화될 듯하다. 하지만 그것은 오히려 '정전 사고'니 '재즈의 청취'니 '점쟁이 문어'니 하는 일상적 제재와의 교섭에서 흔히 간취되고 풍부화된다. 꽤나 감각적이고 물질적이며 구체적인 형식 창안을 유인하는 세속적 경험이야말로 유안진식 '로꾸거' 미학에 대한 우리의 동의와 연대를 즐겁게 하는 핵심요소의 하나이다. 그의 '어둠빛'에 바치는 노래들을 '범속한 트임'의 한 실천으로 가치화하여 조심스러울 것 없는 까닭도 이와 밀접히 연관된다.

'어둠빛'의 성취와 시적 현현은 어떤 방식으로든 벌써 고양된 영혼의 영속화로도 순조롭게 접속될 듯하다. 이를테면 "대낮에도 밤길이었는데/밤길도 훤하다"(「검은 리본을 문신하다」)와 같은 '밝은 눈'의 세계 조망이 그렇다. 자아의 시선에 대한 의심 없는 옹호는 "검은 황홀"만이 "최선의 양식"(「정전 사고」)으로 간주하는 시각의 장애를 초래할 위험이 있다. 유안진의 각성과 행복은 그러나 충만한 영혼이 아니라 결핍된 삶에 대한 응시와 대결에서 대개 얻어진다. 저 '통찰의 눈'도 사실은 "꿈의 죽음을 조상(弔喪)하"러 다니던 끝에 "평생 상중(喪中)이"(「검은 리본을 문신하다」) 되어버린 결핍의 적층에서 개안된 것이다.

이런 진실은 과연 다음과 같은 부정적 자기 긍정과 등가의 가치를 형성한다: "나는 나 아닐 때 가장 나인데 / 여기 아닌 거기에서 가장 나인데 / 불타고 난 잿더미가 가장 뜨건 목청인데."(「불타는 말의 기하학」) 자아의 타자로의 함입과 그곳에서의 이질적인 자아의 발견. 이 테마를 토대로 우리는 『걸어서 에덴까지』 고유의 어떤 '사랑'과 '꿈'의 세계를 적막하게(!) 훔쳐볼 것이다.

　　풀밭에 흩어진 감나무 잎새 옆에
　　익은 알감도 한 개 떨어져 있다
　　돌아서니 노란 모과도 두 알이나 던져져 있다

　　후진 뜰이 환하다 정겹다

　　그려도 그림이고 지워도 그림이듯이

삶도 꿈 몇에 갇힐 수는 없지

꿈 밖의 무한이 더 꿈이고

삶 밖의 죽음이 더 삶이라는 듯이.

—「꿈 밖이 무한」 전문

최근 우리 시에서 이만한 존재 심화와 확장의 시편을 만나본 적이 있는가? 우리는 흔히 현실과 삶의 제한성 운운하며 '꿈'과 '영원'의 담론을 일용할 구원의 양식으로 취하곤 한다. 그러나 되돌아봄 없는 꿈과 죽음의 성찰 없는 영원은 속악한 인신(人神)들의 방탕한 습지(濕地)로 우리들을 몰아간다. 타자와의 연대를 다시 묻고 친밀성의 재구성에 나설 최후의 기회를 아직은 남겨둔 탕아(蕩兒)의 삶이 차라리 중요로운 것은 그래서이다. 저 "꿈 밖이 무한"인 세계에는 탕아에의 예의 바른 존중과 그의 말쑥한 귀환에 대한 기대가 함께 녹아 있다. 흩어지고 떨어지고 던져져 있는 "감나무 잎새"니 "익은 알감"이니 "노란 모과"니 하는 것들이 그렇게 아무렇지도 않게 귀환한 탕아의 표상이 아니던가.

고통과 좌절로 버무려진 삶을, 그럼에도 거기서 근근한 구원을 희원하는 우리의 삶을 버릇없는 일탈자 탕아에 비유하는 비평가의 태도는 과잉된 감각의 소산일지도 모른다. 실제로 시인의 삶과 감각은 탕아로의 일탈 욕망을 끊임없이 시와 종교, 학문의 내부에서 완화하는 한편 고통과 열락을 동시에 경과한 미학적·윤리적 언어로 전유해왔을 터이다. 그럼에도 나는 대척점에 선 탕아와 시인이 언젠가 도래할 존재 변환을 위해 "사랑, 그 이상의 사랑"으로 자신들을 침착하게 개방해왔을 것임을 믿는다. 왜냐하면 이 '사랑'의 근저는 농밀한 에로스 이전에 위험천만한 타나토스 경험으로 먼저 채워졌기 때문이다. 그러니 최후/최고의 '사랑'은 결국 타나토스의 도가니에서 걸러진 "붉은 포도주 '가시밭길'"이나 "맑은 독주 '백년고독'"(「사랑, 그 이상의 사랑으로」)에 대한 감사와 도취로 완성될 수밖에 없다.

시인은 그런데 이 '사랑'의 육즙마저 '로꾸거'들이 펼치는 카니발의 몰약(沒藥)으로 제공할 의향이 전혀 없는 듯하다. 그것은 여전히, 아니 오래도록 "몸이 저의 백년 감옥에 수감된 / 영혼에게 바치고 제주(祭酒)"(「사랑, 그 이상의 사랑으로」)로 바쳐질 모양이다. 그것은 아무래도 '사랑'의 기억이, 다시 강조하지만, "세상으로 뚫린 유일한 숨구멍으로 / 의식주를 실어 나르던 낙타의 바늘"에서 가장 빛나며, 또 그럼으로써 "어둠에 저항하는 한 송이 작은 꽃"(「바늘에게 바치다」)으로 실현되기 때문이다. 이때 "바늘"에 대한 경모를 친밀성에서 제일의 존재인 "어머니"를 향한 그것으로 치환해도 '사랑'의 성격은 거의 달라지지 않는다. "낙타의 바늘"로 기워진 우리 역시 문득 물려받은 "낙타의 바늘"로 더 어린 낙타들의 삶에 그들에게 합당한 문양(紋樣)을 짜 넣어야 하는 숙명적 존재들이기 때문이다. 그러니 이 좁디좁은 '바늘구멍'은 누군가의 "유일한 숨구멍"임을 넘어, 태초 이래 "낙타의 바늘"로 꿰매지고 잇대어진 모든 자들의 삶이 웅성거리는 총체적 생애사의 드넓은 개활지가 아니고 그 무엇이겠는가.

『걸어서 에덴까지』에서 점점이 떨어지는 '사랑'은 그런 의미에서 끊임없는 갱신과 변전을 실천하고 기약해 온 존재들을 위한 정중한 '경의'인 동시에 명랑한 '애도'이다. 물론 이때의 '애도'는 존재를 삶의 저편으로 추방하는 망각의 제의(祭儀)와 거의 무관하다. 잃어버린 대상의 빈자리를 메우는 슬픔이라는 점에서 애도는 우리의 상흔을 치유하고 또 여타의 타자들을 다시 사랑하게 하는 생명 운동의 일종이다. 거기서 자꾸만 탄생 중인 "꿈 밖의 무한이 더 꿈이고 / 삶 밖의 죽음이 더 삶"인 세계가 끊임없이 우리를 향해 밀려들고 있다. 이 세계에의 숙연한 참여를 위해 우리는 오늘도 우리 삶을 향한 애도에 정념을 바쳐야 한다. 어쩌면 이것이 우리 스스로에게 바치는 가장 값진 경의, 다시 말해 "사랑, 그 이상의 사랑"일지도 모른다. 왜냐하면 A. 바디우의 말처럼 바로 그

곳에서 "시련을 받아들이고, 지속될 것을 약속하며, 바로 그 차이에서 비롯된 세계의 경험을 수용해나가는 모든 사랑"이 시작되므로.

문예중앙시선 017

걸어서 에덴까지

초판 1쇄 발행 | 2012년 6월 11일
초판 3쇄 발행 | 2013년 12월 24일

지은이 | 유안진
발행인 | 김우석
제작총괄 | 손장환
책임편집 | 박민주
마케팅 | 김동현, 김용호, 이진규, 이효정

디자인 | 오필민디자인
인쇄 | 영신사

발행처 | 중앙북스(주)
등록 | 2007년 2월 13일 (제2-4561호)
주소 | (121-904) 서울시 마포구 상암동 1651번지 상암DMCC빌딩 20층
전화 | 1588-0950
홈페이지 | www.joongangbooks.co.kr

ISBN 978-89-278-0332-4 03810